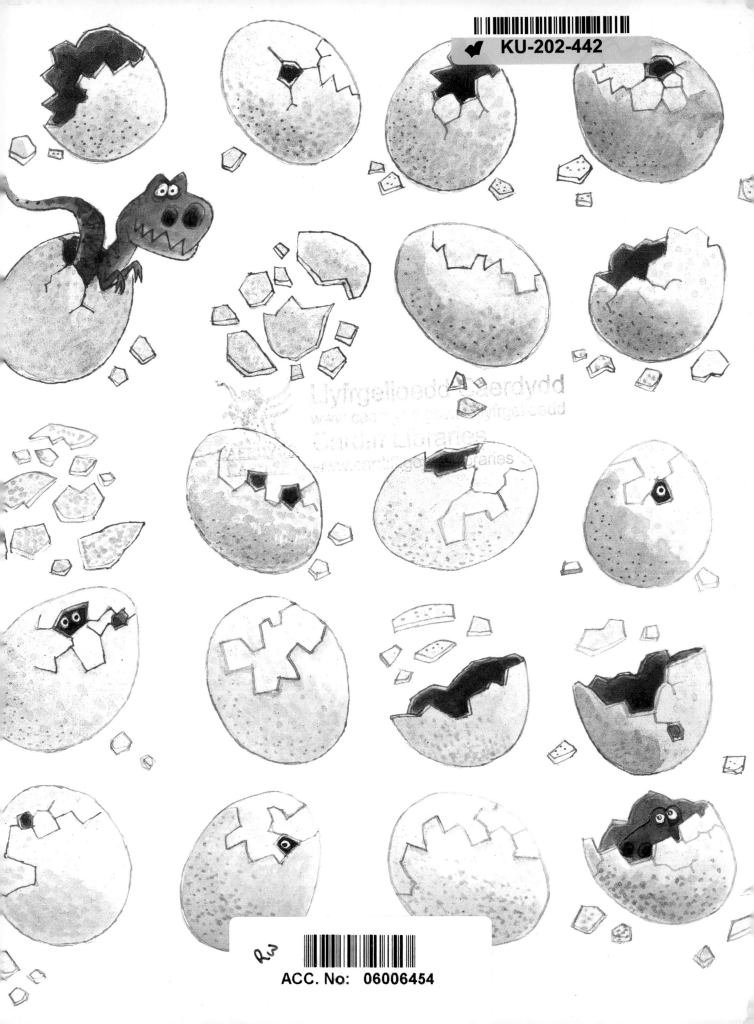

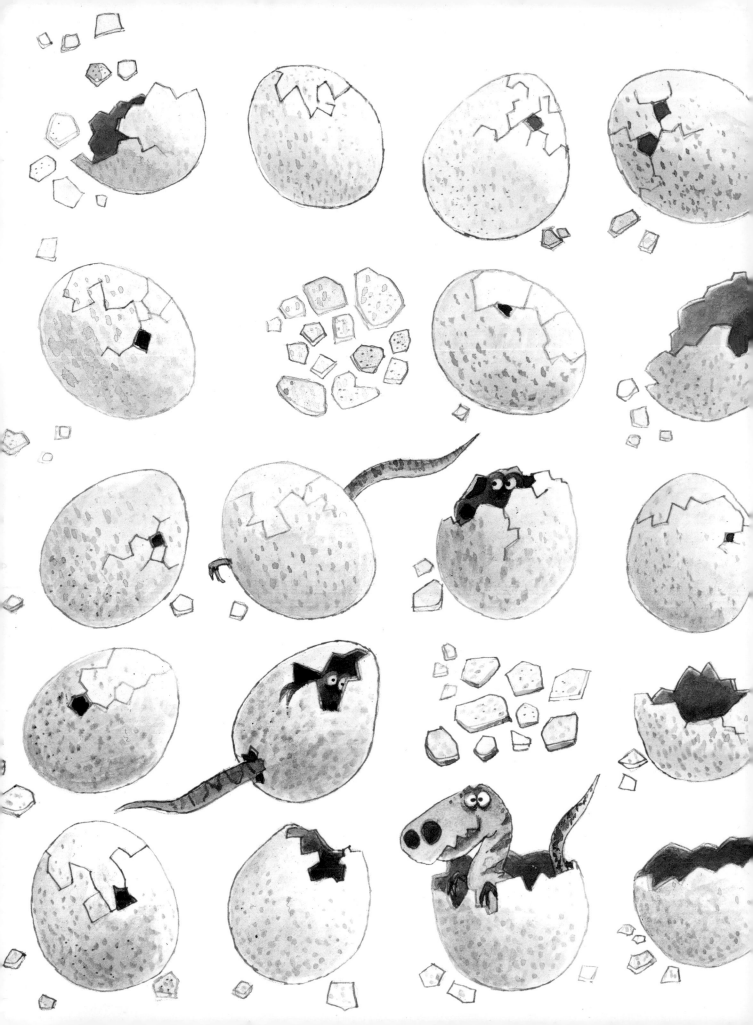

HELFA FAWR
Y DEINOSORIAID!

HELEN FLOOK
ADDASIAD NIA PARRY

Gomer

I Tyranosawrws Alex and Brenda-sawrws,
ty hoff ddeinosoriaid – H.F.

Cyhoeddwyd gyntaf yn 2017 gan Wasg Gomer,
Llandysul, Ceredigion SA44 4JL fel addasiad o *The Great Dinosaur Hunt*

ISBN 978 1 78562 197 0

Cyhoeddwyd gyda chefnogaeth ariannol Cyngor Llyfrau Cymru.

Argraffwyd a rhwymwyd yng Nghymru gan
Wasg Gomer, Llandysul, Ceredigion.

Roedd Twm a Siencyn yn treulio'r diwrnod gyda **Nain** a **Taid**.

''Dan ni'n mynd i'r **amgueddfa**,' meddai Nain. 'Am gyffrous!'

Diflas! meddyliodd Twm a Siencyn, ond ddwedon nhw ddim gair.

Y gwir oedd – doedd yr amgueddfa ddim yn ddiflas o gwbl. Roedd arddangosfa arbennig yno am **ddeinosoriaid**.

Roedd Twm a Siencyn **wrth eu bodd** gyda **deinosoriaid**.

TYRANOSAWRWS.

Gwelon nhw

esgyrn deinosor . . .
wyau deinosor . . .
ac olion traed deinosor.

Prynon nhw **hetiau deinosor**

a llyfrau **deinosor** a chawson nhw amser *gwych*!

'O, dyna ddigon o **ddeinosoriaid** am heddiw,' meddai Nain. 'Mae'n amser mynd adref, blantos.'

Nôl yn nhŷ Nain cawson nhw
'**wyau deinosor**' i ginio.

Yna buon nhw'n **stompio**

a **rhUO**

a **rhedeg**

NAAAARR

a **rhedeg**

NNAAAAARRRR

a **chwrso** . . .

tan i Taid eu hel nhw allan i'r ardd i chwarae.

'Chwaraewch yn dawel!' meddai Nain
gan agor ei cheg yn flinedig.

Yna aeth hi a Taid i'r tŷ
i bendwmpian ar y soffa.

'Beth am gael **helfa esgyrn deinosor**,' meddai Twm. 'Mae'n rhaid bod *cannoedd* yng ngardd Nain.'

Daethon nhw o hyd i'r holl offer oedd ei angen arnyn nhw yn y sied.

'Gwell cael gwared ar yr holl **chwyn** yma gynta,' meddai Twm.

Gweithion nhw'n galed iawn nes eu bod nhw wedi hel pentwr **mawr** o *chwyn*!

Buon nhw'n **palu** . . . a **thyllu** . . .
a **chloddio** Yna . . .
'Edrycha!' gwichiodd Siencyn. '**Wy deinosor** –
yn union fel y rhai welon ni yn yr amgueddfa!'

'Dw i wedi dod o hyd i *gannoedd* o **wyau deinosor**!' meddai Siencyn yn hapus.

'A finna hefyd!' meddai Twm.

'Dalia ati i **balu**!
Dwi'n siŵr ein bod ni
bron iawn â dod o hyd i'r
deinosor sydd wedi dodwy'r
wyau 'ma i gyd!'

Buon nhw'n **palu** a **chloddio** a **thyllu** eto nes bod sawl mynydd **ENFAWR** o **wyau deinosor** ymhob man.

'Hmm, dim **esgyrn deinosor**, dim ond wyau.' Gwgodd Twm cyn sefyll a syllu ar yr holl bridd.

Wedi'r holl waith caled, roedd tipyn o olwg ar yr ardd.

'Gwranda!' sibrydodd Siencyn. 'Dw *i*'n meddwl y galla i glywed sŵn **deinosor go iawn**!'

NNAAAAar
NNAaaaarr
NAAAaar

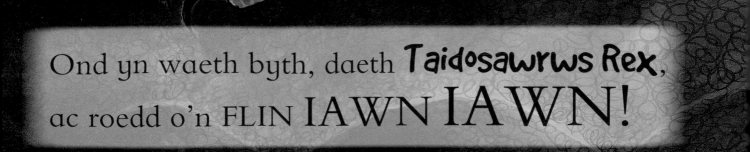

RRRRRRRRR!

Ond yn waeth byth, daeth **Taidosawrws Rex**,
ac roedd o'n FLIN IAWN IAWN!

'Dw i ddim yn siŵr os ydw i'n hoffi **deinosoriaid** mwy,'
sibrydodd Twm.
'Na finna chwaith,' cytunodd Siencyn. 'Falle ddylen ni ddechrau
garddio yn lle hela **deinosoriaid**!'

TWM SIENCYN

'Neu beth am ddiflannu am dipyn?' meddai Twm.

'Syniad GWYCH!' gwenodd Siencyn.
'Tyrd! Well i ni wneud hynny rŵan!'